雪女の家
おけら山
どんより沼
おおかみ男の家
ひりひり滝
ぬるぬる池
かたかた橋
にこにこ
ぷんぷん
めそめそ
の花畑
ぞくぞく
劇場
美術館
ぞくぞく
小学校

ぞくぞく村の
にじ色《いろ》ドラゴン

末吉暁子・作　垂石眞子・絵

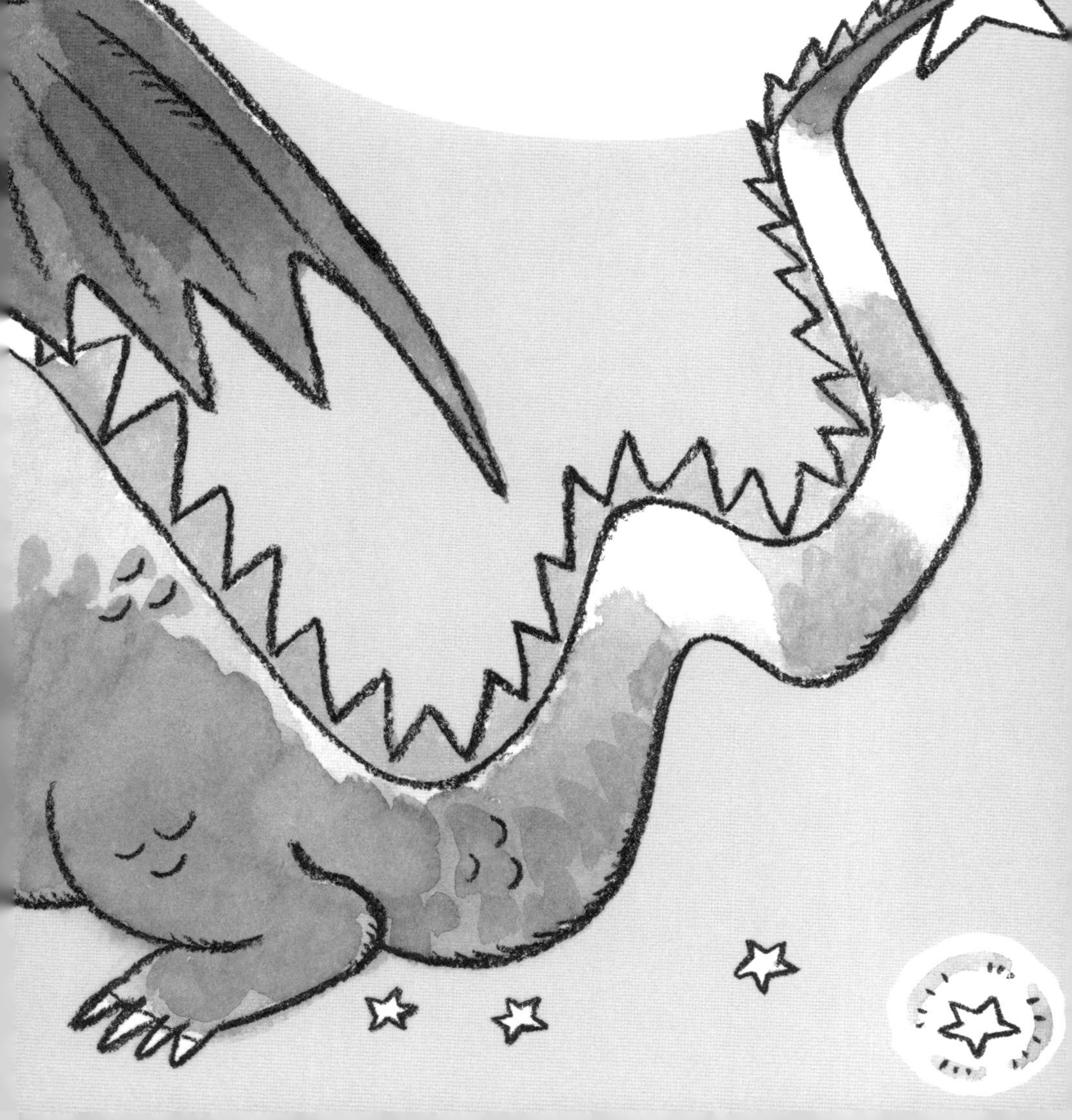

ぞくぞく村《むら》の上空《じょうくう》では、お月《つき》さまは、いつだってごきげん、ニッカニカ。
お月《つき》さまがごきげんだと、ぞくぞく村《むら》のみんなもごきげん。
とりわけ、お月《つき》さまが、七色《いろ》のにじのようにゆらめきかがやくときは、みんな、「レインボームーン」と呼《よ》んで、大《だい》かんげい。

なぜかっていうと、レインボームーンの夜《よる》になると、どこからともなく、にじ色《いろ》のドラゴンが飛《と》んできて、夜空《よぞら》で花火大会《はなびたいかい》をくりひろげてくれるからです。

たった一晩《ばん》だけですが、ただの花火《はなび》じゃありません。うまく花火《はなび》をつかまえてすくいとれば、お持《も》ちかえりだってできるのですから……。

おーや、おやおや？　今《いま》しも、ぐずぐず谷《だに》の向《む》こうから、ゆ～らゆら、ゆらりとのぼってくるのは、まんまる満月《まんげつ》。

しかも！

赤《あか》やオレンジ、黄色《きいろ》に若草色《わかくさいろ》、緑《みどり》に青《あお》に紫《むらさき》と、七色《いろ》のにじのもようになってかがやく、レインボームーンではありませんか。

そのお月《つき》さまからわきでるように、つばさをうちふりながら飛《と》んで
くるのは……？

「グワー！　ドラゴンの花火屋《はなびや》さんだ！」

ちびっこおばけのグーちゃんがさけべば、

「今年《ことし》も、たくさん、花火《はなび》をすくうッス！」

スーちゃんも、大《おお》きなあみを持《も》って、待《ま》ちかまえます。

「今年《ことし》は、カルメラちゃんもいっしょに花火《はなび》すくいに行《い》こッピ！」

と、ピーちゃん。


ちびっこおばけのグーちゃん、スーちゃん、ピーちゃんは、ドラキュラのお城《しろ》のベランダまで、カルメラをむかえに来《き》てくれました。

「うわーい！　ありがと！　ニンニンもいっしょに、花火《はなび》すくい、行《い》かない？」

カルメラは、ドラキュラのむすこのニンニンもさそったのですが……。

「花火《はなび》すくいなんて、めんどくさ～い。ぼくは、ここから、父《とう》ちゃんといっしょに見《み》てる。」

「そうだよ。ここは、花火見物《はなびけんぶつ》には最高《さいこう》の場所《ばしょ》だ。もしも、たくさん、花火《はなび》がすくえたら、わしにも一個《こ》ちょうだいね。」

ドラキュラは、血《ち》のボトルを片手《かたて》にいいました。

「わかったわ！　じゃあ、行《い》ってくる！」

「セーノ！」

ちびっこおばけたちは、
カルメラと両手《りょうて》をつないで、
ベランダから空高《そらたか》く
飛《と》びたちました。

ところが、カルメラは、ベロベロの木《き》のてっぺんに足《あし》のさきっぽを
ひっかけて、
「あわわわわ！　わあ、あぶない！」

あっというまに、もじゃもじゃ原《はら》っぱに、ドッテーン！

と、落《お》っこちてしまいました。

「ぐすん！　じつは、あたし、
まだうまく空《そら》を飛《と》べないの。」

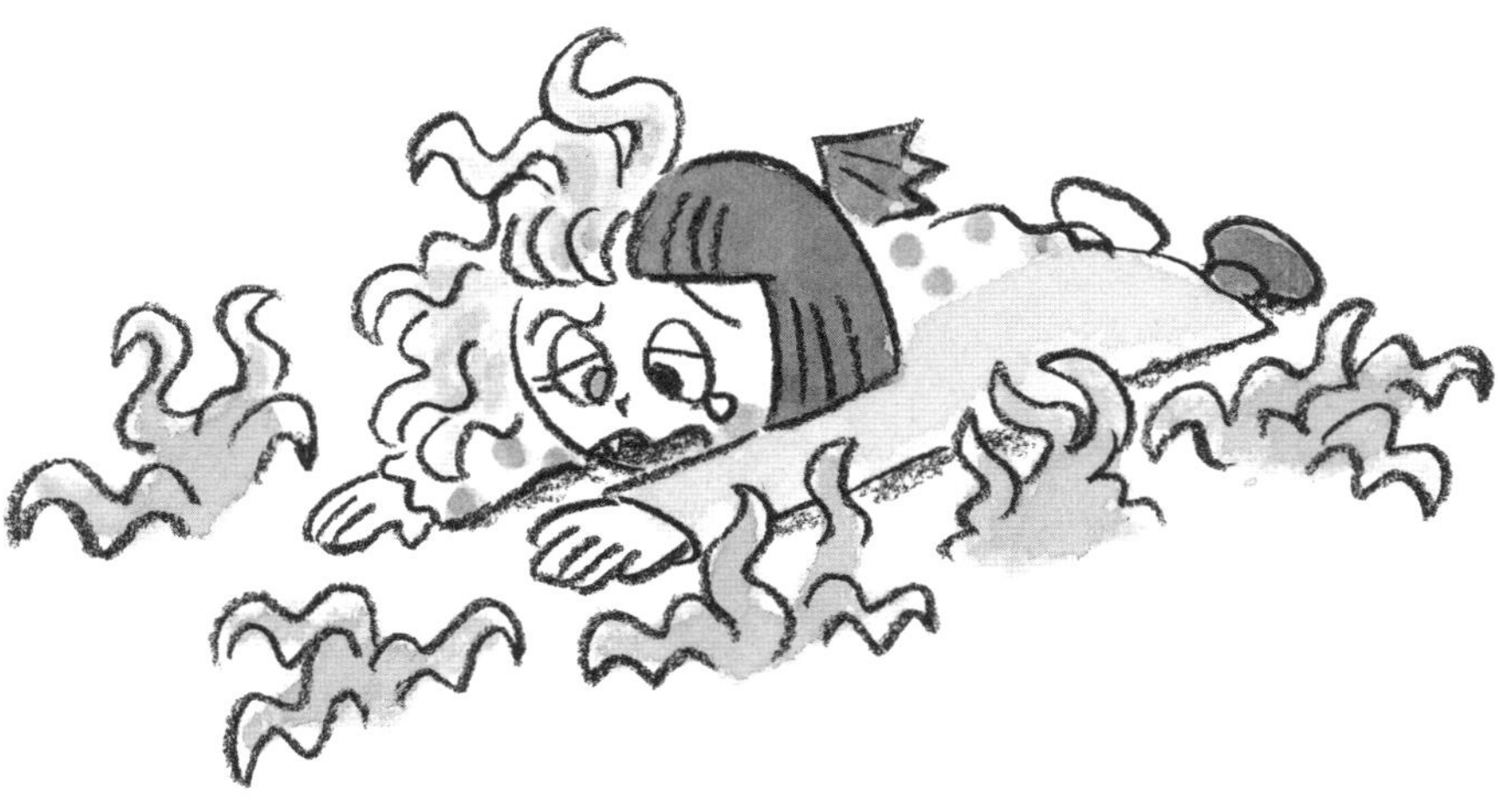

そうなんです。

カルメラは、吸血鬼《きゅうけつき》ドラキュラのお城《しろ》にホームステイしながら、魔《ま》女《じょ》のオバタンに弟子《でし》入りして、魔法《まほう》の勉強《べんきょう》をしています。

分身《ぶんしん》の術《じゅつ》は、バッチリ、オーケー。

変身《へんしん》の術《じゅつ》も、まあまあ、オーケー。

いつまでたってもうまくいかないのが、飛行術《ひこうじゅつ》です。

ほうきに乗《の》っても、ダメ。

魔《ま》女《じょ》のオバタンのまねをして、
大《おお》なべに乗《の》っても、ダメ。

まくらに乗《の》っても、ダメ。

おぼんに乗《の》っても、ダメ。

「おまえさんは、なんとか、自分専用《じぶんせんよう》の乗《の》り物《もの》を見《み》つけるんだ。見《み》つからなけりゃ、飛行術《ひこうじゅつ》はあきらめるんだね。」

さすがの魔女《まじょ》のオバタンも、カルメラに、飛行術《ひこうじゅつ》をしこむのは無理《むり》だと思《おも》ったようです。

「うえーん、そんなの、いやいや！　空《そら》も飛《と》べない魔女《まじょ》なんて、かっこ悪《わる》いもん。」

う〜ん、でも、このようすでは、かっこいい魔女《まじょ》になるのは、当分《とうぶん》無理《むり》なようですね。

さて、日《ひ》ごろは、おっかなくてきびしい魔女《まじょ》のオバタンですが、レインボームーンの夜《よる》ばかりは、魔法《まほう》の勉強《べんきょう》はそっちのけ。

大《おお》なべに使《つか》い魔《ま》たちを乗《の》せて、夜空《よぞら》にくりだします。

「さあ、おまえたち。去年《きょねん》は、一個《こ》も花火《はなび》が取《と》れなかったからな。今《こ》年《とし》こそは、がんばるんだぞ！」

「はい！」と、ねこのアカトラ。

「ほい！」と、こうもりのバッサリ。

「へい！」と、とかげのペロリ。

「ふぇい！」と、ひきがえるのイボイボ。

使《つか》い魔《ま》たちは、手《て》にした、虫《むし》とりのあみやフライパンや、ずだぶくろやぼうしをふりまわしながら、元気《げんき》におへんじ。

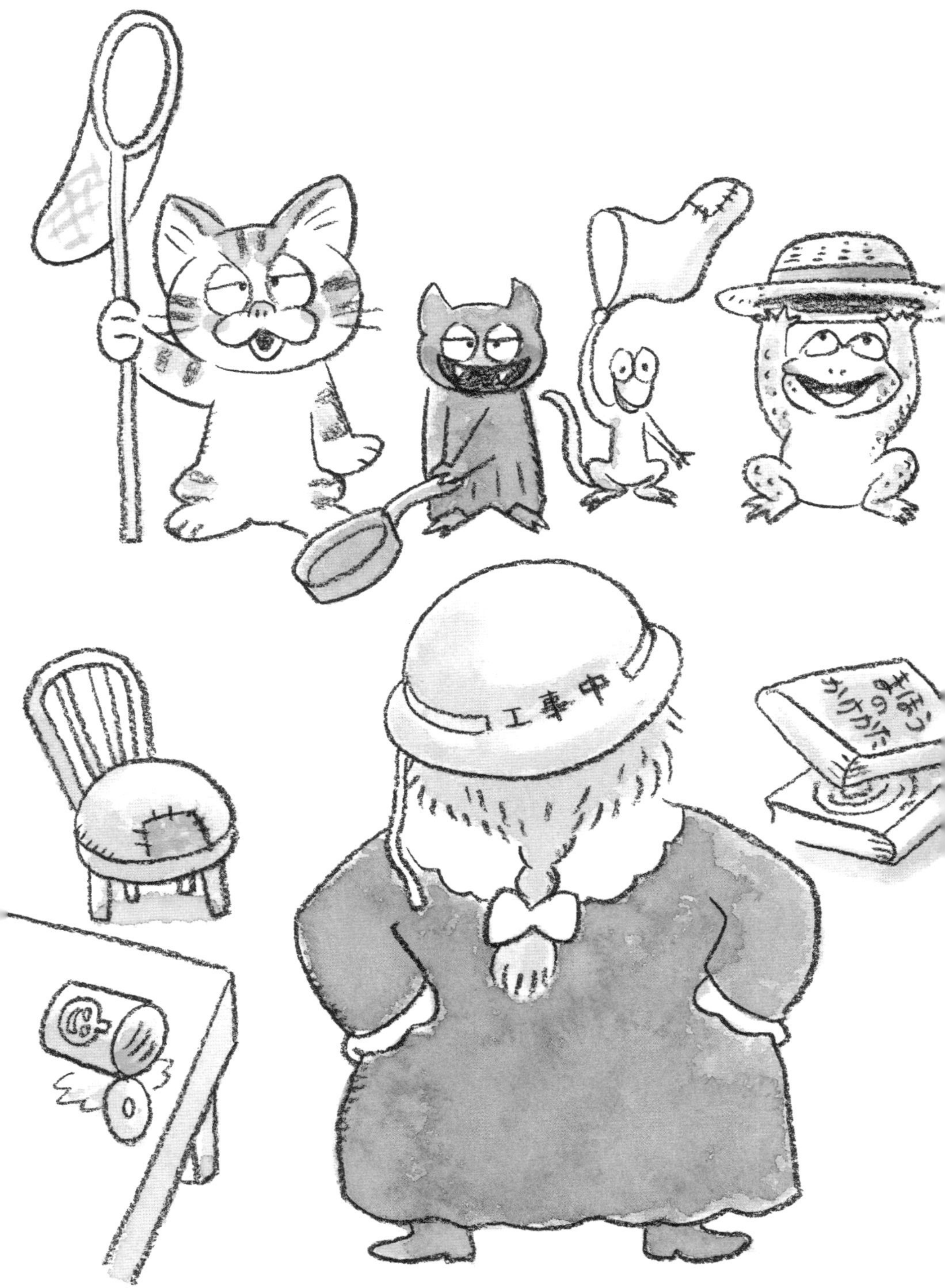
工事中
まほうのかけかた

「ほんじゃ、花火《はなび》すくいに出発《しゅっぱつ》だ！　おら、おら、おら、おら！　そこどきな。あたしの大《おお》なべにけちらされても知《し》らないよ！」

オバタンは、右《みぎ》に左《ひだり》に、らんぼう運転《うんてん》。

「オバタン！　オバタン！　気《き》をつけて！」

使《つか》い魔《ま》たちは、気《き》が気《き》じゃありません。

工事中

夜空《よぞら》では、ドラゴンの花火屋《はなびや》が、うたいだしました。

♪ドラドラ　ドロロ　ドーラドラ
まんまるお月《つき》さまが　七色《いろ》にひかる
レインボームーンの　夜《よる》になりゃ
あっちで　ドローン
こっちで　ドローン
夜空《よぞら》に　はきだせ　七色花火《いろはなび》
ドラドラ　ドロロ　ドーラドラ

ドラゴンの花火屋《はなびや》が、ドロンドロンドロンと、火花《ひばな》を口《くち》からはきだすと、大輪《たいりん》の花火《はなび》になって、夜空《よぞら》をいろどります。

ぞくぞく村《むら》の上空《じょうくう》は、たちまち、色《いろ》とりどりの花火《はなび》でいっぱい。

空《そら》を飛《と》べるおばけたちは、いっせいに上空《じょうくう》に飛《と》びあがって、あみやふくろをふりかざしながら、花火《はなび》すくいをはじめました。

空《そら》を飛《と》べないミイラのラムさんやマミさんは、ドッキリ広場《ひろば》に集《あつ》まって、おがくずクッキーなどを食《た》べながら花火見物《はなびけんぶつ》です。

ドラゴンは、ゆっくりと飛《と》びまわりながら、つぎつぎに花火《はなび》をはきだしはじめました。

「これからお見《み》せしますのは、〝おけら山《やま》の赤《あか》い雪《ゆき》〟。ジャジャ～ン！ドラドラ～ン！」

ドラゴンが、チューインガムのようなものをくちゃくちゃとかんでから、ドローン！　ボワボワボワッとはきだすと、夜《よ》空《ぞら》には、赤《あか》い小《ちい》さな雪《ゆき》が一面《めん》にまいひろがりはじめました。

「グワー！」

「おけら山《やま》の赤《あか》い雪《ゆき》ッス！」

「きれいッピ！」

ちびっこおばけたちは、あみをふりまわすのもわすれ、ぽか～んと口《くち》をあけたまま、見《み》とれてしまいました。

おけら山《やま》のてっぺんでも、雪女《ゆきおんな》のユキミダイフクが大《おお》よろこび。

万年雪《まんねんゆき》のちょうこく庭園《ていえん》で、ペンギンのベンチにこしかけて、

「ほ、ほう！　ええながめやなあ。」

かきごおりを食《た》べながら、花火《はなび》に見《み》とれていました。

たまやーーっ

「次《つぎ》にお見《み》せしますのは、かぼちゃ畑《ばたけ》のダンスパーティー！　ジャジャ〜ン！　ドラドラ〜ン！」

ドラゴンの花火屋《はなびや》がさけびました。

ちびっこおばけたちが、はっと気《き》がついたときには、さっきの赤《あか》い雪《ゆき》は、みんな夜空《よぞら》に消《き》えていました。

「グワ〜！　花火《はなび》すくうの、わすれた！」

「次《つぎ》は、かぼちゃ畑《ばたけ》のダンスパーティーッス！」

「今度《こんど》こそ、すくわなきゃッピ！」

ちびっこおばけたちは、あみを持《も》って、待《ま》ちかまえます。

ドラゴンのすみかは、おけら山《やま》のどこかにあるほらあなのおくです。

ふだんは、集《あつ》めたお宝《たから》の山《やま》の上《うえ》にとぐろをまいて、うつらうつらしながら、お宝《たから》の番《ばん》をしています。

ええ、うつらうつらしていないときは、もちろん、花火《はなび》のことばかり考《かんが》えています。ドラゴン花火《はなび》の新作《しんさく》を考《かんが》えたり、実験《じっけん》したり……ね。

そして、一年《ねん》に一度《ど》、まんまるお月《つき》さまがにじ色《いろ》にかがやく夜《よる》になると、ふらりとぞくぞく村《むら》の上空《じょうくう》にあらわれます。そうして、一年《ねん》かけて考《かんが》えた新作花火《しんさくはなび》を見《み》せてくれるのです。

ぞくぞく村《むら》の住人《じゅうにん》が、そろってこの夜《よる》を待《ま》ちかねていたのも、無理《むり》はないでしょう？

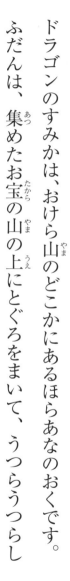

♪ツータカ　タッタ　ツータッタ
ドローン　ドロドロ
ボワ　ボワ〜ン
ゴローン　ゴロゴロ
ボワ　ボワ〜ン

にじ色《いろ》ドラゴンは、オーケストラをしきするように、長《なが》いしっぽをふりまわしました。

夜空《よぞら》いっぱいに、おばけかぼちゃの花火《はなび》が、ボワンボワン、ゴロンゴロンとおどりはじめました。

「ほっほ、ほう！　おばけカボチャがおどってるよ〜！　今度《こんど》こそ花《はな》火《び》をすくうんだ！」

魔女《まじょ》のオバタンチームははりきって、あみやフライパンをふりまわしたのですが、

「それー！　そっちだ！」

スカー！　ショボーン！

「今度《こんど》は、こっちだ！」

スカー！　ショボーン！

「あ、あっちだ！」

スカー！　ショボーン！

とうとう、一個《こ》も
すくえませんでした。
「ぐぐぐ！　ぐやじ〜！」
魔女《まじょ》のオバタンの
くやしがったこと！

さて、そのころ。

「あ～ん、もっとまじめに魔女修行《まじょしゅぎょう》、しておけばよかった、わ～ん。」

もじゃもじゃ原《はら》っぱにへたりこんで、なきべそをかいているカルメラの前《まえ》に、ビュビューン、キーン！　と、空《そら》から急降下《きゅうこうか》してきたものがあります。

雲《くも》のオープンカーでした。

運転《うんてん》しているのは、ぞくぞく村《むら》の、ちょいとチビワル、雨《あめ》ぼうずのピッチャンです。

「ピヤピヤピヤ！　かわいこちゃん。花火《はなび》すくいに行《い》きたいんだろ？

ぼくっちのくもすけカーに乗《の》りな！」

「え、ほんと？　うれし〜！　ありがと。」

カルメラは、たちまち、にっこりかたえくぼ。

かたほうだけのマントを、ひらりとひるがえして、ピッチャンのくもすけカーに飛《と》びのりました。くもすけカーは、雨《あま》ぐものくもすけが変身《へんしん》した車《くるま》です。

ピッチャンとはなかよしで、息《いき》もぴったり。

「行《い》くよ〜！」

ピッチャンは、ドラゴンの花火屋《はなびや》にむかって、まっしぐら。

花火屋《はなびや》は、最後《さいご》の花火《はなび》をしかけるところでした。
「さあ、これが今年《ことし》の新作花火《しんさくはなび》。にこにこ、ぷんぷん、めそめその花《はな》、
ジャジャ〜ン！　ドラドラ〜！」
ドラゴンの花火屋《はなびや》は、心《こころ》をこめて新作花火《しんさくはなび》をふきだしはじめました。

「うおー！」

「すごーい！」

「こんな花火《はなび》、見《み》たことなーい！」

ぞくぞく村《むら》の上空《じょうくう》には、お花畑《はなばたけ》でさいている、にこにこ、ぷんぷん、めそめその花《はな》が、花火《はなび》になってさきみだれます。

「グワー、きれい〜！」

「かわいいッス！」

「ひとつ、ほしいッピ！」

ちびっこおばけたちも、はくしゅかっさい。

ドラゴンの花火屋《はなびや》は、このいっしゅんがうれしくて、また、一年《ねん》間《かん》、がんばって、新作花火《しんさくはなび》を作《つく》ろうという気《き》になるのです。

よっしゃー！
今度こそ
一個すくって
もらっていこう！

「オバタンがんばれ！」
使い魔たちも
ひっしで
あみを
ふりまわしたのですが……

スカー
スカー
スカー
やっぱり
花火は一個も取れません

「グワー！　今度《こんど》こそ！」

「あたしたちのうでのみせどころッス！」

「にこにこ、ぷんぷん、めそめその花火《はなび》をお持《も》ちかえりするッピ！」

ちびっこおばけたちは三人《にん》そろって、空中《くうちゅう》高《たか》くまいあがり、あみをふりまわしました。

「グワー！　すくえた、にこにこの花《はな》！」

「あたしも取《と》れたッス！　ぷんぷんの花《はな》！」

「うれしい！　あたしも、めそめその花《はな》、ゲットッピ！」

グーちゃん、スーちゃん、ピーちゃんは、それぞれ、にこにこの花《はな》火《び》、ぷんぷんの花火《はなび》、めそめその花火《はなび》を手《て》にしてごきげんです。

「ピヤピヤ。ぼくっちも、花火《はなび》すくい、がんばろっと。」

雨《あめ》ぼうずピッチャンも、くもすけカーに乗《の》って、花火《はなび》のまわりを、キキー！　キキー！　と、もうれつにぐるぐる回《まわ》ったり、急《きゅう》ブレーキをかけて空中三回転《くうちゅうかいてん》したり……。

「キャピ！　こ、こわい！」

最初《さいしょ》はこわがっていたカルメラでしたが、すぐに、花火《はなび》すくいにむちゅうになりました。

背中《せなか》の右半分《みぎはんぶん》だけのマントを、サー、サーッとひとふり、ふたふり。

「キャピ！　やった！　すくえたわ、めそめそその花《はな》！」

カルメラが、よろこんで、めそめその花《はな》の花火《はなび》をお持《も》ちかえりしようとしたときでした。

ピッチャンのくもすけカーに、なにやら上空《じょうくう》からころがりこんできたものが……。

♪あっしゃ、おおかみ　おおかみ男《おとこ》
満月《まんげつ》の夜《よる》にゃ　おおかみに変身《へんしん》
こわいものなしの　おおかみさ
どっくん　どくどく　力《ちから》みなぎり
プシューッ　プハプハ　血《ち》はさわぐ
わっはっはの　わっはっは
はのはの　ははは　わっはっは

そうです。おおかみに変身《へんしん》して、やたらに気《き》が大《おお》きくなった、歯医《はい》者《しゃ》のチクチク先生《せんせい》です。空《そら》なんか飛《と》べるはずないのですが、思《おも》いこみだけで空《そら》を飛《と》んでしまうので、やっかいです。

魔女《まじょ》のオバタンの大《おお》なべから、ピッチャンのくもすけカーまで、ぴょんぴょん、ぴょ～ん、ひらひら、ひら～り。

もちろん、本人《ほんにん》は空《そら》を飛《と》んできたつもりです。

「おお！　今年《ことし》の新作《しんさく》、めそめその花《はな》じゃん、いただき！」

カルメラがぶらさげている花火《はなび》のくきを、歯《は》をぬくときのペンチでガキッとはさみとると、また、くもすけカーから飛《と》びだしました。

「きゃ、どろぼう！」

「あぶない！　落《お》ちるぞ！」

カルメラとピッチャンが同時《どうじ》にさけんだのですが、おそすぎたようです。

おおかみ男《おとこ》は、夜空《よぞら》をどこまでも地上《ちじょう》にむかって落《お》ちていきました。

「れれれ？　あっしゃ、どこへむかってまっしぐら？」

「たいへん！　あのままじゃ、おおかみ男《おとこ》は、地上《ちじょう》にげきとつよ。ピッチャン！　たすけてあげて！」

カルメラは、黒《くろ》いおかっぱ頭《あたま》をなびかせてさけんだのですが、

「ピヤピヤ！　あんなめいわくやろう、ほっとけ、ほっとけ。早《はや》く花《はな》火《び》すくいしようぜ。」

ピッチャンは、相手《あいて》にしません。

「ううん。それもそうね。
あたし、おおかみ男《おとこ》さんに、
お世話《せわ》になったわけでも
ないし……。」
今度《こんど》は、赤《あか》いかみを
ふりみだしてカルメラが
言《い》いました。
カルメラは、見《み》かけどおり、
右半分《みぎはんぶん》と左半分《ひだりはんぶん》では、ぜんぜん
ちがう人間《にんげん》。考《かんが》えることも
ちがうのです。

「でも……このままじゃ、
おおかみ男《おとこ》さん、あんまり
かわいそう。」
カルメラは、黒《くろ》いおかっぱ頭《あたま》を
ぶんぶんふったり、赤《あか》いかみを
ふりみだしたりして、そのたび、
まよっているようでした。

「ピヤピヤ。あんなやつ、ほっといて、花火《はなび》すくい、花火《はなび》すくい！」

ピッチャンは、グーンと、くもすけカーのスピードをあげました。

カルメラは、右《みぎ》に左《ひだり》に頭《あたま》をかしげていましたが、

「えーい！　こうなったら、あたしが！」

次《つぎ》のしゅんかん、ひらりと、にじ色《いろ》ドラゴンの背中《せなか》に飛《と》びうつりました。

ドラゴンのつばさの根《ね》もとをしっかり両手《りょうて》でつかむと、ぐいっと、ドラゴンの頭《あたま》をさげました。

「おおかみ男《おとこ》の下《した》に回《まわ》って！」

「へ？　へ？　へ？　へ？　へ？」

なにがなんだかわからないうちに、ドラゴンは、カルメラを乗《の》せたまま、ギュイ〜ンと急降下《きゅうこうか》。

地上《ちじょう》にげきとつ寸前《すんぜん》、しっぽの先《さき》でおおかみ男《おとこ》のしっぽをからめとりました。

地上《ちじょう》で見守《みまも》っていたミイラのラムさんやマミさんも、ほっと胸《むね》をなでおろしました。

「やれやれ、あぶなかったね。」

「花火見物《はなびけんぶつ》もおもしろいけど、こっちのショーもおもしろいわね！」

ところが、たすけてもらったおおかみ男《おとこ》は、とたんに、またまた気《き》が大《おお》きくなって、うたいだしました。

♪あっしゃ、おおかみ　おおかみ男《おとこ》
満月《まんげつ》の夜《よる》にゃ　おおかみに変身《へんしん》
まして　こんな　レインボームーンの夜《よる》は
ふまれても　けられても　よみがえる
不死鳥《ふしちょう》のような　おおかみ男《おとこ》
あっしゃ　こりない　おおかみ男《おとこ》
そーれ、いくぜ！

おおかみ男《おとこ》は、いきなりお月《つき》さまめがけて、ジャ〜ンプ！

お月《つき》さまの顔面《がんめん》で、トランポリンのようにバウンドすると、今度《こんど》は、おけら山《やま》めざして、ぴょ～ん！

「きゃあ、どこいくの⁉」

おかっぱ頭《あたま》のカルメラが、青《あお》ざめました。

このままほっといたら、たいへんなことになりそうです。

「おねがい、ドラゴンの花火屋《はなびや》さん！　おおかみ男《おとこ》さんをたすけてあげて！」

カルメラは、ドラゴンにまたがったまま、どこまでも、おおかみ男《おとこ》を追《お》いかけました。

「ったく、しょうがないやつね。つかまえたら、ふんじばって、ドッキリ広場《ひろば》でおしおきよ！」

カルメラの右半分《みぎはんぶん》の赤《あか》いかみは、いかりでほのおのように燃《も》えたぎっています。

おおかみ男《おとこ》は、おけら山《やま》からぐずぐず谷《だに》へ。

ぐずぐず谷《だに》からべろべろべろの木《き》へ。

べろべろの木《き》から、また空中高《くうちゅうたか》くあがったかと思《おも》うと、ひりひり滝《だき》に飛《と》びこんで、とうとう、ぬるぬる池《いけ》にむかってまっしぐら。

ぬるぬる池《いけ》では、レロレロも、池《いけ》の
ほとりで、ペットのこいのトトちゃん
と、花火見物《はなびけんぶつ》をしていました。
レロレロは、トトちゃんと、
ワインでかんぱい！
「わあ、花火《はなび》、すてき！　今年《ことし》の
新作花火《しんさくはなび》にかんぱーい！」
その二人《ふたり》の目《め》の前《まえ》に、
バシャーン！
ジュワ、ジュワ、
ジュジュワーン！

はでな音《おと》を立《た》てて落《お》ちてきたのは、
めそめその花《はな》の花火《はなび》です。
つづいて落《お》ちてきたのは、
おおかみ男《おとこ》。
ドゥオッボーン！
ものすごい水《みず》しぶきをあげて
池《いけ》に飛《と》びこんだおおかみ男《おとこ》は、
あがってきたとたんに、
レロレロに、おぼんで、グワワワ〜ン！
と頭《あたま》をひっぱたかれ、とうとう
のびてしまいました。

「さあ、そろそろ、今日《きょう》の花火《はなび》はおしまい、ジャジャ〜ン！　ドラドラ〜！」
上空《じょうくう》では、ドラゴンの花火屋《はなびや》が、さけんでいます。
ところが、魔女《まじょ》のオバタンチームは、おとなしくひきさがるわけにはいきません。

あたしんとこはまだ一個も花火すくいできてないんだよ
もっと花火やってちょうだいニャ
このままじゃ魔女のオバタンのごきげんは最悪だバサ
ぼくのしっぽだって、ぶじにすみそうもないペロ
ぼくは、もう今からあぶらあせがたらたらブォイ

ドラゴンの花火屋《はなびや》は、魔女《まじょ》のオバタンの使《つか》い魔《ま》たちに取《と》りすがられて、帰《かえ》るに帰《かえ》れません。

「持《も》ってきた花火《はなび》は、全部出《ぜんぶだ》しつくしちゃったんだよ……そ、それじゃ、しかたがない。わたあめ花火《はなび》でかんべんしてもらおう。」

「グワ？　わたあめ花火《はなび》？」

「なに、それ？」

「おもしろそうッピ！」

ちびっこおばけたちが、わーい！　とよってきました。

「はい、これを持《も》って！」

ドラゴンの花火屋《はなびや》は、線香花火《せんこうはなび》のような小さな花火《はなび》をちびっこおばけたちに手《て》わたしました。

グーちゃん、スーちゃん、ピーちゃんは、手《て》にした線香花火《せんこうはなび》で、うっすらとお月《つき》さまにかかってきた、わたあめのような雲《くも》をからめとって、まきつけました。

「できた！　わたあめ花火《はなび》！」

「ゴブリンさんとこの赤《あか》ちゃんにもどうぞ！」

ちびっこおばけたちは、つぎつぎにわたあめ花火《はなび》を作《つく》っては、ぞくぞく村《むら》の住民《じゅうみん》にくばりました。

みんなごきげん、ニッカニカです。

カルメラも、わたあめ花火《はなび》をくばるおてつだい。にじ色《いろ》ドラゴンの背《せ》に乗《の》って、ぞくぞく村中《むらじゅう》、かけまわりました。

そのようすを見《み》ていた魔女《まじょ》のオバタンは、いいました。

「おんや？　カルメラ、おまえさん、だいぶドラゴンをうまく乗《の》りこなしているじゃないか。このちょうしなら、飛行術《ひこうじゅつ》もごうかくだね！」

ぞくぞく村《むら》だより19号《ごう》

世界《せかい》のドラゴン大集合《だいしゅうごう》！

にじ色《いろ》ドラゴン監修《かんしゅう》
ドラゴン特集《とくしゅう》

◆発行所《はっこうじょ》◆
ぞくぞく村《むら》広報室《こうほうしつ》

足《あし》のないドラゴン

ゾウとたたかうドラゴン

頭《あたま》がたくさんあるドラゴン

ほのおのなかで生《い》きるドラゴン

水《みず》にすむドラゴン

ニュース！

もっと空《そら》を飛《と》びたいカルメラは、なんと、ほらあなでねているにじ色《いろ》ドラゴンをおいまわして、飛行術《ひこうじゅつ》の練習《れんしゅう》をしようとしている！

お知《し》らせ

しばらく病院《びょういん》をお休《やす》みします
ちくちく歯科医院《しかいいん》

MENU
新《しん》メニュー「ドラドラ・花火《はなび》アラモード」ぜひ、おためしください！（カフェテリアのっぺらぼう）

花火《はなび》のロマンチックな詩集《ししゅう》をプレゼントします。朗読会《ろうどくかい》にきてね。（ガチャさん）

おてがみの あてさき▼〒一〇一—〇〇六五 東京都千代田区西神田三—二—一 あかね書房「ぞくぞく村」係

にじ色《いろ》ドラゴンにインタビュー！

考《かん》えたけど ボツになった花火《はなび》は？

ほうたい花火《はなび》

ホネ花火《はなび》

とうめい花火《はなび》

見《み》えない…

ぞくぞく村《むら》ランキング！

★お持《も》ちかえりした「わたあめ花火《はなび》」の使《つか》い方《かた》★

1位《い》 おせわになった人《ひと》に プレゼント

2位《い》 新《あたら》しい ヘアスタイルに

3位《い》 ドラキュラ城《じょう》を ライトアップ

よい子《こ》は まねしちゃダメ

★ランク外《がい》★

食《た》べた

おうぼ ありがとう！

ジンジンの♥コスプレ ファッションショー！！

◆兵庫県 椋子さん

◆東京都 美月さん

◆兵庫県 えなさん

◆千葉県 花さん

◆東京都 奈央さん

どれも にあって うれしい ブヒン♪

シェラザード さまに 写真《しゃしん》おくら なくっちゃ！

作者　**末吉暁子**（すえよし　あきこ）
神奈川県生まれ。児童図書の編集者を経て、創作活動に入る。『星に帰った少女』（偕成社）で日本児童文学者協会新人賞、日本児童文芸家協会新人賞受賞。『ママの黄色い子象』（講談社）で野間児童文芸賞、『雨ふり花さいた』（偕成社）で小学館児童出版文化賞、『赤い髪のミウ』（講談社）で産経児童出版文化賞フジテレビ賞受賞。長編ファンタジーに『波のそこにも』（偕成社）が、シリーズ作品に「きょうりゅうほねほねくん」「くいしんぼうチップ」（共にあかね書房）など多数がある。垂石さんとの絵本に『とうさんねこのたんじょうび』（BL出版）がある。2016年没。

画家　**垂石眞子**（たるいし　まこ）
神奈川県茅ヶ崎市出身。多摩美術大学卒業。絵本の作品に『もりのふゆじたく』『きのみのケーキ』『あたたかいおくりもの』『あついあつい』『なみだ』『しょうぼうじどうしゃのあかいねじ』（以上、福音館書店）、「ぷーちゃんえほん」シリーズ（リーブル）など、童話の作品に「しばいぬチャイロのおはなし」シリーズ（あかね書房）がある。画を手がけた作品に『ちびねこチョビ』『ちびねこコビとおともだち』（以上、あかね書房）、『かわいいこねこをもらってください』（ポプラ社）、『ぼくの犬スーザン』（あすなろ書房）など。
垂石眞子ホームページ
https://www.taruishi-mako.com

ぞくぞく村のおばけシリーズ⑲　**ぞくぞく村のにじ色ドラゴン**

発　行 ＊ 2016年10月第1刷　2025年4月第5刷　NDC913　79P　22cm
作　者 ＊ **末吉暁子**　画　家 ＊ **垂石眞子**
発行者 ＊ 岡本光晴
発行所 ＊ **株式会社あかね書房**　〒101-0065 東京都千代田区西神田3-2-1
電話 03-3263-0641（営業）　03-3263-0644（編集）
http://www.akaneshobo.co.jp
印刷所 ＊ 錦明印刷株式会社　製本所 ＊ 株式会社難波製本

ISBN978-4-251-03659-9

くぞく村
おしゃれおばけの家
オバタンの家
びしょびしょ丘
もじゃもじゃ原っぱ
ブツブツの木
ミイラのラムさん
とう屋
ゴブリンの家
とんとん橋
おばけかぼちゃ畑
吸血鬼の家
ぱかぱか森
ひそひそ川